[シナリオ]

スクランブル・ジャック in 渋谷

マンタ

文芸社

登場人物

宏（巡査(31)）、ヒロシ、黒子Ａ
博恵（ヒロエ）、宏の恋人(23)
道代（ミチヨ）、博恵の友人(23)
歌手ワイルド・ジャック（ヒロシ、ＡＢＣＤの男性５人）
歌手ピンク・ジャック（ヒロエ、ミチヨ）
宏の課長の声(25)
ピエール(27)（フランス人）
郵便配達員(21)
軽四トラックの青年(24)
制服を着た従業員たち（１００人）
　ＪＲ渋谷駅・渋谷百貨店・大江戸百貨店・スーパー渋谷・ドラッグストア・牛丼屋・ハンバーガー店・銀行・区役所職員・バス会社の各10人
中年のホームレス（６人、カンフーダンス）
公衆電話の若い男女（９人）
露店のお婆さん(74)

キューティー・イオン
女子高校生（チアガール１００人）
そのリーダーA子⒄
黒子、50人
スクランブル・キッズ
ヒロシ・A子・女子小学生４人
男女の小学生たち（１００人）
そのリーダーA子⑾
その母親たち（１０１人）
道産子ジャッカー（ソーラン節、１００人）
よさこいダンサー（道産子及び身体障害者たち）
そのリーダー及び知的障害者a子㉓
その障害者たちの付き添いの人、１００人）
機動隊隊長㊴と隊員50名
マリッジ・ジャック（ソーシャル・ダンス）
結婚式の男女ペア50組、１００人

歌手ピーチ・ジャック（クミコ・A子・B子・C子）
　久美子（リポーター・クミコ㉓）
　物理学の教授（歌舞伎役者・義経㊱）
　男性ナレーター㉗
　ディレクター、オペレーター、運転手、テレビカメラマン、助手。
テレビ局スタッフ。新聞記者。雑誌記者。芸能関係者。男性映画カメラマン、女性
映画カメラマン、助手。音声係、女性歌手。若い女優。実年女優・照明係。不倫中
の男優㉟と女優㉖。
大道具、小道具、美術の各5人。セクシーギャルと追っかけファン10人。F1モデ
ル⑱とカメラマン㉙。男性プロデューサー㊲。女性新人歌手⑭。芸能リポーター10
人。タイムキーパー㉖。監督㊿
スクランブル・ポリス（格闘ダンス）
　宏と捜査4課の刑事たち（50人）
　山崎組・組長㊹とヤクザたち（50人）
レインボー・ワールド（フォークダンス）
　インド人10名とインドラのマスター㊳

パキスタン人10名とそのリーダー(35)
ユダヤ教徒10人とキリスト教徒10人とイスラム教徒10人
韓国人と北朝鮮人、各10人
アメリカ人とイスラム系過激派各10人
イギリス人とアイルランド人、各10人
アメリカ人、ドイツ人、イタリア人、フランス人、各10人のＮＡＴＯ軍
その他中近東諸国（イラク・イラン・クウェート・アラブなど）全20名
ミセス・シャワー（越中おわら節風の盆踊り）
ミセスＡ(48)と10人
風の盆踊りのミセス（１００人）
アフタービート（ジャズダンス）
女性ダンサー、１００人
そのリーダーＡ子(24)
ヤンキー兄ちゃん（10代）５人
エキストラ（５万人以上）
宏の派出所の先輩(35)

巡査A・B・C・D・E
東京都知事(68)
警視総監(60)、声のみ出演
総理大臣(49)

■ＣＧ

母親彗星・兄弟彗星・子彗星たち

人型の信号機、青と赤

4体の美人マネキン

ハチ公と木立

上野英三郎（ハチ公の飼い主(53)）

博恵

自由の女神

■挿入歌

クラシック調の壮大な前奏曲、ＢＧＭ
　ミュージックＡ
ワイルド・ジャックの歌、ミュージックＢ
ミュージックＣ、単調なＢＧＭ
ミュージックＤ、チアガール
ミュージックＥ、小学生
ミュージックＦ、よさこい音頭
ミュージックＧ、結婚行進曲
ミュージックＨ、社交ダンス
ミュージックＩ、ピーチジャックの歌
　歌舞伎の音楽
ミュージックＪ、ケンカ調のＢＧＭ
ミュージックＫ、インド音楽
ミュージックＬ、フォークダンス
ミュージックＮ、風の盆踊り

ミュージックM、ジャズダンス
ピンク・ジャックの歌、ミュージックO
ミュージックP、恋愛ムード及びテンポあるBGM
ワイルド・ジャックの歌、ミュージックQ

○宇　宙

漆黒の世界に、無数の星がきらめく。

ゆるやかな音色から、次第に大音響のクラシック調の壮大な交響曲が流れる。

ミュージックA、開始。

画面右上から、白く光り輝く小さな彗星が現れる。画面中央に接近するにつれ、次第に大きくなり、その白く光り輝くガスが画面全体を覆い尽くす。

画面が真っ白になる。暗い画面から、次第に明るくなる。いわゆる映画用語でいうフェードインである（F・I）。

＊

真っ白な世界の中から、タイトル文字が現れる。
宏と博恵の声「スクランブル……」
5万人の声「……ジャック」
その真っ白い世界から、今度は次第に黒い世界が徐々に現れ始める。いわゆるフェードアウトである（F・O）。

＊

その画面の右上から宇宙が少しずつ見え始め、彗星の尾が現れ出す。

彗星が、画面左下へと遠ざかっていく。

遠ざかっていく彗星。

○木星付近

彗星が、木星の赤道付近を通過する。

その彗星の頭部分を、まとわりつくように無数の小さな光体が激しく動き回っている。母親彗星と子供の彗星たちだ。

○火星付近

火星の近くを進む、母親彗星。

その周りを白く光り輝き、オタマジャクシのようにガスの尾を引いて飛んでいる子彗星たち。彼らは、光る生命エネルギー体だ。

2つの兄弟彗星が互いにぶつかり合う。

弾いては、また衝突を繰り返す。遊びでもあり、ケンカのようでもある。

飛来している母親彗星と子彗星たち。

彼らは、地球に向かって進んでいる。

その兄弟彗星がぶつかり合い、弾ける。何度も激しくぶつかっては弾ける。

本当に、ケンカしているようだ。

兄弟彗星が並んで飛んでいる。兄彗星、猛スピードで弟彗星に激突する。弟彗星が、弾き飛ばされた。

兄彗星から遠ざかる、弟彗星。

弟彗星、母親彗星からも遠ざかる。

ミュージックA、終了。

○地　球

弟彗星、地球に向かって飛んでいる。

太平洋・日本・関東平野・東京・渋谷へと向かって飛来している。

上空から望む渋谷の街並み。

上空から望む、スクランブル交差点。

○渋谷の交差点（昼）

宮益坂（みやますざか）通り。

自動車たちが、赤信号で停止する。

先頭の軽四トラックが停車している。

青年(24)が運転席に座っている。

○交差点周辺

ハチ公広場前。

信号待ちをしている人々。人型の信号機、赤から青に変わる。大勢の人々が渡り歩く。各通りから人々が往来する。

携帯電話で話しながら歩く女性。

手をつないで歩く、若いアベック。

＊

駅前ビル。

2Fのショーウインドーには、4体の女性のマネキンが展示されてある。

＊

モニタービルA（スクリーン）。

渋谷百貨店のCMが流れている。

モニタービルB（スクリーン）。
大江戸百貨店のCMが流れている。

＊

○ハチ公前広場

ＪＲ渋谷駅と隣接するスーパー渋谷。
木立に囲まれた、ハチ公の銅像。

＊

ハチ公前の地下道入り口。
渋谷ハチ公前に、派出所がある。
2基のスクリーンがよく見える。

＊

9台の公衆電話、皆が電話している。
その隣に、露店の本屋がある。ひ弱なお婆さん(74)が、本を売っている。

＊

渋谷ふれあいマップ。

その下に居座って、６人の中年のホームレスが、昼間から焼酎やビールを飲んで酔っ払っている。

○広場前の派出所

ドアの内側から、カーテンがひかれている。窓には、「只今、外出中」と明記された張り紙が貼ってある。

○派出所内

扇風機が回っている。机にはパソコンとＦＡＸ電話機とアルバイト情報誌がある。転職を考えているようだ。

巡査の宏(31)が、机に向かって婚姻届に自分の部分だけ書き込んでいる。

所内には他に誰もいない。

○宏の回想

宏と恋人の博恵(23)がいる。

博恵「あたし、警察官や消防士なんてダメ。結婚したら毎日毎日心配で、もう耐えられない。宏はどうせ高卒なんだから、出世なんか望めないんでしょう。最近はノルマもこなしてないし、給料も上がらないし……」
宏「俺の課長、東大卒で年下だぜ。そんな奴にどやされて、こき使われるんだもんなー」
博恵「宏ー、警官なんて辞めちゃいなよー。一生、派出所勤務で終わるつもり?」
宏「……」

○派出所内

扇風機のそばで、アルバイト情報誌を読んでいる宏。缶ビールを飲んでいる。
ＦＡＸから電話の声が聞こえる。
宏「ハイ、ハチ公前派出所」
コードレスフォンのようだ。
先輩の声「宏ー。元気に働いているかー」
宏「先輩。現場検証、何時頃終わりそうですか?」
先輩の声「結構、長引きそうなんだ。しばらくの間、一人で留守番頼むぞ」
宏「先輩、それはないでしょう。本署からの応援は、どうなっているんですか」

先輩の声「本署も、事件が多すぎてみんな出払っているらしい。じゃーな」
早々に切られる。
宏「先輩、ちょっと待ってよ」
膨れっ面をする、宏。
宏「くそっ。辞めてやる」
そこへ、ドアを開けて郵便配達員(21)が現れる。
郵便配達員「おっ、宏さん。やっぱりいたな」
宏「おい。勝手に入ってくるなよ。外出中の張り紙が見えないのかよ」
郵便配達員「全然。居留守を使おうなんて、考えが甘いぜよ。ハンコお願いしまーす」
彼はバックから、書留を取り出しては宏に手渡す。押印する宏。開封すると、現金2万円とビール券が10枚も入っている。同封の手紙を黙読する。
男性の声「先日は大変お世話になりました、ありがとうございます。立て替えていただいた飲み代と電車賃とタクシー代です。利息をつけてお返し致します」
宏、「フン」と吐き捨てるようにしてその手紙を丸める。その2万円とビール券をサイフの中に入れる。

郵便配達員「こないだは助かったよー。婚約指輪を買う前日に、駐車違反で捕まっちゃって。宏さんだったからよかったけど、他の警官だったら、切符切られていたよ」

宏「もう、2度と駐車違反するなよ。いつまでも甘くはないからな」

その丸めた手紙を彼に投げつける。

郵便配達員「また、見逃してね」

宏「アホ」

捨てセリフを残して、そそくさと立ち去る郵便配達員。

宏、大きく背伸びをし欠伸（あくび）をする。

立ち上がってドアの前に立つ。カーテンを開け、張り紙をはがす。窓から射す日差しが暑く、ハンカチで額の汗を拭う。外の道行く人々を眺める。

信号待ちをしている人々。

宏「なんで、こんなに人が大勢いるかなー」

＊

交差点の中を自動車が行き交っている。

モニタービルAのスクリーンに、「愛の伝言板。渋谷駅職員編」が流れる。

◎「ＪＲ渋谷駅の職員さん。先日、酔った勢いでからんでしまってごめんなさい」
◎「ホームから転落した時、迅速に助けてくれてありがとうございます」
◎「飛び込み自殺を考えていました。看板を見ると死んだあとの損害額が多額なのを知って、諦めました」
◎「キセル乗車は、もう致しません」
など色々な思いを託して、渋谷駅の職員に対するお礼の伝言を流していた。

＊

宏、腰ベルトの銃を素早く抜いては構え、しまっては素早く抜く。西部劇のマネをしているようだ。しまっては素早く抜く。銃口に向かって、息を吹きかける。
ＦＡＸ電話の音がまた、聞こえる。
宏「(嫌々) ハイ、ハチ公前派出所」
しまっては、素早く銃を抜く。
博恵の声「宏ー、あたしー」
宏「なんだ、博恵か。バイトはどうした?」
博恵の声「今、お店暇なの」

しまっては、素早く銃を抜く。それを何度も繰り返す。
宏「お前な、勤務中に電話するなって言ってあるだろう」
博恵の声「どう、転職先見つかった？」
宏「ぜーんぜん。ろくな仕事ないよ」
博恵の声「ネエネエ、今度の土曜日、ディスコに行かない。近所にオープンしたの」
宏「ディスコは、嫌いだって言ってるだろ」
博恵の声「いいじゃない、たまには。教えてあげるから、行こうよ」
宏、銃を人差指で数回転させてから腰ベルトにしまう。
宏「いやーだ。土曜日は、朝から並ばないといけないんだから」
宏、素早く抜いて銃口をドアに向ける。
博恵の声「まーた、パチンコでしょー」
ドアが開くと、フランス人のピエール(27)が入ってくる。銃口が、彼の腹部に当たっている。驚いて両手を挙げる。
銃を彼に向けている宏。戸惑う。
冷汗をかいて驚愕する、ピエール。
宏、慌てて銃を腰ベルトにしまう。

博恵の声「宏ー、聞いてんの?」
ピエール「(怯えながら)あ、あの、インド料理店のインドラはどこでしょうか?」
宏、冷汗をかき愛想悪く指さす。
宏「あの道を右に曲がって、真っ直ぐ行って」
ピエール「あ、ありがとうございます」
彼はドアを閉めて、走り去っていく。
博恵の声「チョットー、聞いてんのー!」
ほっとする宏。
博恵の声「宏。夕方の5時、パチンコ店へ迎えに行くから、待っててね」
宏「アホ、5時に終わるわけないだろう」
宏、ドア越しに上空を見上げる。

○上　空

尾を引いた、小さな白い彗星がある。
弟彗星が、向かってきているようだ。

○派出所内

降下してくる彗星を眺めている、宏。

博恵の声「じゃー、5時に迎えに行くから、入店料稼いでてね」

宏「おい、博恵、仕事終わったらこっちに寄ってくれないか……」

ガチャッと一方的に、電話を切られる。

宏「ニャロー」

宏、ドアを開けて外に出る。

○ハチ公前広場

派出所のドアの前に立つ、宏。

大勢の人々が、信号待ちをしている。

宏、気になって上空を眺める。

白く光り輝く彗星が見える。次第に大きくなり、接近してくる。

彗星を見ている宏、交差点の手前まで進んで止まり、また上空を見上げる。

平穏に、信号待ちをしている人々。

隣のＯＬが空を眺めているが、気にしていない。見えていないようだ。

宏「（上空を指さす）君。あれ……」
ＯＬ「ハッ？」
気持ち悪そうに、宏のそばから離れる。
日本中で、宏だけが目撃しているのだ。

○上　空

彗星が交差点に向かって飛来してくる。
だんだん近づいてくる。

○交差点

宏だけ、上空を眺めている。
呑気に、信号待ちをしている人々。
人型の信号機、赤から青に変わる。
ハチ公前側から大勢の人々が、渡り歩く。宏も歩き出す。
各通りから、人の波が行き交う。
中央まで進んで立ち止まる、宏。人の波に揉まれながら、上空を見上げる。

○渋谷上空

直径50ｍの白く光り輝く彗星が、猛スピードで降下してくる。交差点に向かって飛んでくる。飛んでくる。

○交差点

上空を見上げている宏。
大きな口と目を開けて見る、宏の顔。
彗星が、直立不動の宏を直撃する。
宏の身体全体が、白い光に包まれる。
閃光が宏の全身を消してしまった。
周囲の通行人も、光に包まれた。
閃光は、交差点を包み込んだ。
光に包まれる、2基のスクリーン。
通りのビル全体をも包み込んだ。
駅前ビルのマネキンも光に包まれる。

ふれあいマップ下に居座る、ホームレス6人も包まれる。
ハチ公が包まれる。派出所が包まれる。
露店のお婆さんも包まれる。
9台の公衆電話も包まれる。
JR渋谷駅、スーパー渋谷が包まれる。
交差点を中心に、半径200m付近が白い閃光によって街が飲み込まれた
（F・I）。

○誰もいない交差点

光がいつしか消えている。
信号機が、青になっている。
一人で呆然と、交差点の中央に立ちすくんでいる宏。ふと我に返る。
周囲を見渡すと通行人は一人もいない。
人だけではなく自動車も一台もない。
この交差点に、渋谷の街に存在するのは、宏ただ一人だけだ。
からっ風が吹きすさび、静寂が漂う。

モニタービルAから、渋谷の街を紹介するCMが流れている。

周囲を見渡し、呆然と立ち尽くす宏。

自分の頬をつねる。とても痛い。夢ではなく、現実のようだ。腕時計を見る、10時16分。

途方に暮れていると、なぜか自分の手、腕、足、腰が勝手に動き出す。自分の意志で制止できない。踊りを始める。

ダイナミックな踊りを披露する。

誰もいない渋谷の交差点のど真ん中で、宏が激しく踊っている。

腰を振り、片足を上げ、ぐるっと回り、首や手足を回し、身体ごと高く飛び地面に開脚状態で着地する。そのまま両足を縮めて立ち上がる。

また、華麗なる踊りを始める。

踊っている宏の真剣な顔。

ステップを踏んでいる宏の足。

次第に疲れが見えてくる、宏の顔。それでも、身体は勝手に動いている。

宏、指で銃のポーズで決める。

信号機が、青から赤に変わる（F・I）。

○騒然とした渋谷の交差点

信号機が赤になっている。

宏、交差点の中央で呆然と立っている。

彼の左右を自動車が往来している。

自分が車の交通を妨げ、かつ危険な場所にいることを自覚する。

普段の正常な渋谷に戻っているのだ。

ツバを飲み込み、冷汗をかく。

歩道上の人々は、信号待ちをしている。

普段どおりの賑わいを見せている。

宏の左右を、自動車が往来する。

宏、左右の手を振り出す。手と腕を振って人間信号機になる。その場を、それでごまかそうとする。

手と腕を振り、足を動かしステップを踏む。それはロボットダンスのようだ。

信号の指示を出しながら踊る。手と腕と足が、自分の意志と関係なく勝手にまた動き出す。真顔で踊っている宏。

○ハチ公広場前

信号待ちをしている若者たち。

○ファイヤーストリート

トラックや自動車が停車する。

○人型信号機（ＣＧ）

赤から青に変わる。青、突然踊り出す。

○交差点

ハチ公前広場から、若い男女が渡る。
各方面の大通りから、大勢の若い男女が交差点を往来する。
宏、一人でまた信号式で踊っている。
彼を中心にして、人々はゆっくりと臆することなく歩いている。

○モニタービルA

ヒロシ、ＡＢＣＤの５人が整列している。ワイルド・ジャックの登場である。

ボーカルのＡが前面に立つ。

ミュージックＢ、開始。

○交差点

信号式ダンスで踊っている、宏。

渋谷駅を背に、宏は踊りを急に止める。

往来している人々。

１００人の若者だけが交差点内に残って、彼の後ろで一定間隔を開けて整列する。宏を中心に、全員が正面を向く。

その他の人々は歩道上に立ち去った。

真剣な顔で立っている宏。強烈な突風が、彼の顔と全身に当たる。

モニタービルＡから、彼らの歌が流れると、宏は突然踊り始めた。

背後の若者たちがぐるっと一回転すると、従業員の制服に変身した。

渋谷百貨店、大江戸百貨店、スーパー渋谷、ハンバーガー店、ＪＲ渋谷駅、区役所職員、バス会社員、牛丼屋・ドラッグストア店員、銀行員の各10名、総勢100人が踊りだす。

○モニタービルA

ワイルドジャックのAが、歌っている。

ヒロシとメンバーが踊っている。

踊っているヒロシ。

○交差点

踊っている宏。

モニタービルAと全く同じ踊りだ。

皆も一緒になって踊っている。

本場アメリカのミュージカルのようなダイナミックなダンスが、渋谷の交差点で理由もなく突然披露されている。

腰を前後左右に激しく振って踊る宏。

ステップを披露する渋谷百貨店の10人。

両腕を使って踊る大江戸百貨店の10人。
首を右に振って踊るスーパー渋谷の店員たち。
パンを焼いているような踊りをする、ハンバーガーの店員たち。
ビルの窓に映る、踊っている人たちの姿。
笑顔で全員が踊っている。
お椀に盛りつける踊りをする牛丼屋の10人。
両手を挙げて踊るJR渋谷駅の10人。
ドリンク剤を飲んで踊る、ドラッグストアの10人。パワーがみなぎる。
捺印するような踊りを披露する、区役所職員たち。お茶を飲む振りもする。
札束を数えるような踊りをする銀行員たち。
ガンアクションを披露する、宏。
両手を汽車ぽっぽのように振って踊る、JR渋谷駅の職員たち。
ハンドルを握った振りをして、全身を左右に倒しながら踊るバス会社の10人。
レジ打ちのような踊りをする、スーパー渋谷の10人。
そして全員が、横にグルッと回って踊る。
手形を手裏剣のように飛ばして踊る、銀行員の10人。乱発しているようだ。

商品を包装するような踊りをする、渋谷百貨店の10人。
六法全書を持って踊る区役所職員たち。
商品の品出し、陳列をするような踊りを見せるスーパー渋谷の10人。
トレイを持って踊るハンバーガー店の10人。
宏を中心に、全員が踊っている。
お椀を持って踊る牛丼屋の10人。
ラッシュの乗客を押し込んでいるような踊りをする、ＪR渋谷駅の10人。
45度に腰を曲げて礼をするような踊りをする、大江戸百貨店の10人。
警官用の自転車を曲芸のようにして踊る、宏。
左手で、ギアチェンジの動作をするバス会社の10人。
全員が、揃って踊っている。
マスクをつけて踊るドラッグストア。
指さし呼称をして踊り狂う、ＪR渋谷駅の10人。
疲れて、動きが鈍そうに踊る宏。

＊

大勢の人々が、楽しそうに宏及び彼らの踊りを見物している。

踊っている宏たちを見ている観衆。

○ＪＲ渋谷駅、南口

自動車が列を作って停車している。

先頭の軽四トラック。その運転席の青年、彼らの踊りを眺めている。自然と身体が左右に軽く動く。

○駅前ビルの２Ｆのショーウインドー。

４体のマネキンが、突然踊り出す。カクッ・カクッと、手足が直角のような素振りで踊る。ロボットダンスだ。

踊っている４体のマネキン。

○ハチ公前広場

９台の公衆電話。ドアを開け、男性４人、女性４人が同時に外に出てくる。

両手を広げて、なぜか踊り出す８人。

右足を横に高く上げて踊る男性４人。

髪を左右に振り乱して踊る女性４人。

華麗に踊っている、女性Ａの笑顔。

ワイルドに踊っている男性Ｂ。

１台からは、ワンテンポ遅れたダサい服装でハゲ頭の男性Ｃが出てくる。一緒になって踊り出す。

揃って踊っている９人。しかし男性Ｃだけは、至って下手くそで極端にテンポがずれている。

＊

露店の本屋。

腰の曲がったお婆さんが座っている。

突然立ち上がり元気に踊り始める。腰が戻り、ひ弱さを全く感じられない。

ハツラツと踊っているお婆さん。

＊

ふれあいマップの看板前。

ホームレス６人が、飲んだくれている。

すでに酔っ払っている。

缶ビールを飲んでいるホームレスA。

飲むのをやめて目をぎらつかせる。急に立ち上がって、踊り出す。

他の5人も立ち上がる。フラフラと千鳥足で踊り出す。カンフーを取り入れた、酔拳のような踊りだ。

酔拳で鶴の舞を披露する、ホA。愚痴をこぼしながら踊る、ホB。吐きそうになるホC、だが吐かない。一升瓶を飲みながら踊る、ホD。酒乱で暴力的に踊るホE。泣きながら踊るホF。

千鳥足で、酔拳踊りを披露する6人。

鶴の舞で踊っているホA。

酔っ払って、全員が踊っている。

ホA・B、ホC・D、ホE・Fの3組が、カンフーによる格闘を始める。

カンフーの巧みな技を披露する6人。

一升瓶を片手に、ホDが飲みながら酒乱のホEと戦う。

叩く、殴る、飛び蹴り、回し蹴りなどカンフーとダンスの混在した、アクションもどきの踊りである。

*

ハチ公（ＣＧ）の銅像がある。

突然、台座に2本足で立ち上がる。

両手を広げて背伸びをする。首を回し、肩の凝りをほぐす。ニタッと微笑む。

木立の枝を摑んでは、一本折る。

それをステッキ代わりにして踊り出す。

軽やかな足踏みのタップダンスだ。

タップを披露するハチ公。

ステッキを上に放り投げたり、台座に投げてはその跳ね返りで受け取ったりするステッキアクションを駆使する。

笑顔で踊っているハチ公。

周囲の木立も、左右に揺れながら楽しそうに踊っている。

ステッキを天高く放り投げる、ハチ公。

天高く舞う、ステッキ。ハチ公、右手を差し出して受け取ろうとする。落とす。主人の上野英三郎(53)が、黒のコートを着用し、山高帽子をかぶった姿でＪＲ渋谷駅から現れ出てくる。

大喜びするハチ公。台座から飛び降り、涙を流して英三郎に抱きつく。頰をなめ回す。英三郎も、涙を流しながら愛犬を抱き締める。２人が今、長い年月を経て再会を果たしたのだ。

大正末期、彼は現在の東京大学に、農業土木を創設した教育者です。駒場で急逝してからも、ハチ公は旧渋谷駅にて、主人の帰りをただひたすら待ち続けたのでした。

○交差点

左腕を振って、全員が踊っている。
警棒を使って踊る、宏。
両足を左右に上げて一斉に飛び上がる、ＪＲ渋谷駅の10人。
横に３回回って踊る、大江戸百貨店。
ステップを踏んで踊る、渋谷百貨店。
腰を動かして全員が踊っている。
左右の掌（てのひら）を回して踊るスーパー渋谷。
両手を広げて踊る、ハンバーガー店。
左右の肩を回して踊る、区役所職員。

多少疲労気味の宏が、踊っている。
両手を振って全員が踊っている。
互いに腰をぶつけ合って踊る銀行員。
背中をのけ反らせる、大江戸百貨店の店員たち。
両腕を上下に揺らす、ドラッグストアの店員たち。
右足を前に高く上げるバス会社の社員たち。
宏と全員が踊っている。
飛び上がって回り、踊る牛丼屋。
マイクを持って踊るＪＲ渋谷駅の職員たち。
左右の拳をぶつけて踊るスーパー渋谷の店員たち。
笑顔を失い、疲れた宏が踊っている。
笑顔でハツラツと全員が踊っている。

○人型の信号機

青が踊っている。点滅を始める。

○交差点

宏、踊りながら派出所へ向かう。
踊りながらハチ公広場、各通りの歩道上へと彼らは走り去っていった。
交差点に、人がいなくなる。

○モニタービルA

ミュージックBが終了する。
単調なBGMが流れる。ミュージックC、開始。
A、歌わずに踊る。5人も踊っている。
ヒロシが踊っている。5人が踊る。

○信号機

青、踊りをやめて大の字で倒れる。
赤が、変わって踊り出す。

○派出所内

宏、ドアを閉めて椅子に腰掛ける。

疲労感・脱力感に襲われ、足を伸ばす。

宏「俺は今、何をしていたんだ?」

○交差点周辺

自動車が往来している。

ハチ公広場前。

平然とした顔で、人々が信号待ちをしている。

アベックAがイチャイチャしている。

携帯電話で会話をしている女性B。

楽しく会話しているギャル3人。

何もなかったかのように、いつもの騒々しい渋谷に戻っている。誰一人として、今の狂乱を自覚していない。

*

ふれあいマップの看板前。

飲んだくれているホームレス6人。
ハチ公の銅像。不動のままのハチ公。
なぜか、左目から涙をこぼしている。

*

露店の本屋。
咳込みながら本を売る、お婆さん。

*

9台の公衆電話。
9人が電話をかけている。5人の男女が、外で電話待ちをしている。

*

駅前ビル。
2Fのショーウインドー。動いていない、4体のマネキンがある。

○信号機

点滅しながら踊る、赤。
ミュージックCが終了する。

赤、椅子に腰掛けてタバコを美味しそうに吸っては煙を吐き出す。

替わって青が踊り出す。

○交差点

ハチ公広場、各通りから、セーラー服を着た女子高校生たちが往来する。総勢101人。

女子高校生A子⒄が歩いている。

交差点の中央で、JR渋谷駅を背にして立ち止まる。ニコッと微笑む。

渡り歩いている女子高校生たち。A子を中心に、編隊を組んで整列する。

立ち止まる、女子高校生たち。

A子が立っている。

○モニタービルA

Aが、歌い出す。踊り出すワイルド・ジャックたち。踊っているヒロシ。

その背後に、そのA子と女子高校生9人が現れる。チアガールの姿で、バックで踊り出す。キューティー・イオンたちだ。

ミュージックD、開始。

○交差点

A子、セーラー服を破って空に向けて放り投げる。宙に舞う制服。

他の女子高生たちも制服を放り投げる。

路面に落ちるA子のセーラー服。

A子、ミニスカートをはいたチアガールに変身した。赤く丸いボンボンを持っている。全員、チアガールだ。

さわやかに踊り出す、A子。

全員「(叫ぶ)渋谷、渋谷、渋谷っ」

○モニタービルA

Aが歌って踊っている。

ヒロシたちが踊っている。

踊るキューティー・イオンたち。

○交差点

A子、横に3回回って踊る。
同じように、チアガールたちも踊る。
踊るチアガールたちの、美しき足。
歩道上で、楽しそうに眺めている人々。
腰を振って踊っている、B子。
ボンボンを回して踊るC子。
ウェーブを描いて踊るチアガールたち。
足を高く上げて踊る、D子。
腰をくねらせる、E子。
背中を向けて踊る、F子。
お尻を軽く振って踊る、チアガールたち。楽しそうに全員が踊っている。

全員「(叫ぶ) 渋谷、渋谷、渋谷っ」

＊

各通りから、突然50人の黒子たちが、走り寄ってくる。黒子たち、踊っているチアガールたちの間を走り抜ける。

踊っているチアガールたち。
走っている黒子Ａ（宏である）。
踊っているＡ子の足元にある、制服。
Ａ子のセーラー服を拾う、黒子Ａ。
黒子Ｂ、制服を2着拾って走り去る。
他の黒子たちも、制服を拾っては素早く走り去っていく。
黒子Ａ、制服の匂いを嗅ぎながら走る。

黒子Ａ「（興奮）あー、たまらーん」
走り去っていく、変態な黒子Ａ。

＊

若さあふれる全員が、踊っている。
両腕を下から上へと上げて踊るＧ子。
にこやかにマイナスイオンを発散させて踊っている、チアガールたち。
ボンボンを放り投げて受け取るＡ子。
ボンボンを放り投げて受け取る全員。
踊っているチアガールたちの手や腕。

両手を左右に振って踊る、Ｈ子。

長い髪とともに回って踊る、Ｉ子。

踊っているチアガールたちの手。

Ａ子を先頭に縦に整列する１０１人。

左右交互に、笑顔を見せる。

50人が左右に別れ、両手を合わせてトンネルを作る。最後尾のＪ子がくぐり抜けて出てくる。続いて次々と他のチアガールたちもくぐり抜けてくる。左右に分かれ横１列になって、整列する。

軽くリズムを取るチアガールたち。

両手を腰に当てて踊っている、Ｋ子。

また全員が、編隊を崩し始める。

１組10人でピラミッドを作る。他のチームもピラミッドを組む。ピラミッドを組む１００人のチアガールたち。

最上段に上がるＡ子。

投げキッスでポーズを決める、全員。

投げキッスでポーズを決める、Ａ子。

A子「（ささやく）渋谷、アイラブユー」
ミュージックDが終了する。

○信号機

青から赤に変わる。座り込んでへこたれる青。額の汗を拭う。

赤、灰皿にタバコを当てて火を消す。

ダラダラと嫌々踊り出す、赤。

○道玄坂通り

停車している自動車たち。

先頭の軽四トラック。青年が、発車させようとアクセルを踏む。突然、目の前に黒子Aが立て看板を持って現れる。黒子Aの直前で、急停車するその自動車。

青年、ハンドルに軽く胸を打つ。

青年「（痛がる）いってー」

窓から顔を出す。

青年「バッキャロー、危ないだろう!」
気軽におじぎをする、黒子A。立て看板を、軽四トラックの前に置く。

立て看板「本日、スクランブル交差点、歩行者天国につき自動車等の往来を禁止する。渋谷中央警察署」

また一礼して、軽く踊りながら楽しそうに去っていく。踊りが下手である。

口を開け、呆気に取られる青年。

○信号機

赤、踊っている最中に光源が消える。

寝そべっている青、いきなり光り出す。

うろたえ立ち上がり、慌てて踊り出す。

赤、欠伸をして大の字で休む。

○交差点

各通りから、男女の小学生たちが母親に連れられて渡り歩く。

小学生A子⑾、母親㉟に手を引かれて中央までやってくる。

親子が多く、交差点は混乱している。

A子の手と母親の手が、離れてしまう。

母親、群衆の中に消えていく。迷子になって、立ち尽くすA子。思わず泣き出してしまう。

A子「(号泣)お母ーさん、お母ーさん」

他の親子たち、泣くA子を無視して交差点内を闊歩している。

泣いているA子の背後では、次第に親子の往来が少なくなっていく。

手を離し、踊りながら去る母親たち。

母親の手から離れて、100人の小学生(男女各50名)たちだけが交差点に残される。子供たちが、ゆっくりと歩いている。泣いているA子を中心にして、整列し始める。

泣いているA子のズームアップした顔。

突如、キッと睨みつける左斜めの顔。

○モニタービルA

ヒロシとそのA子と女子小学生4人が歌って踊り出す。

スクランブル・キッズたちだ。

ミュージックE、開始。

○交差点

激しく踊り始める、A子。他の小学生たちも踊り始める。小さいながらも、大人顔負け元気一杯の踊りを披露する。

踊っている小学生たち。

バック回転する男子B。

全員が、左右に首を回して踊る。

全身を使って踊っている女子たち。

右手で円を描いて踊る男子たち。

手をつないで踊るC子とD子。

真剣な目で踊っているA子。

全員が乱れることなく踊っている。

踊っている男子Eの足。

両足を左右に高く上げて飛ぶ、A子。

ジョギングのような踊りをする男子F。

両手で「×」の字を作って踊る、G子。

右腕、左腕を回して踊るH子。

男子Iが、前方に1回転して踊る。

左右の指でV字を作り、目の前を横に通らせて踊る男女たち。

右足を前に高く上げて踊る女子たち。

クルッと横に回って踊る男子たち。

一緒になって全員が踊っている。

女子たちが、一時踊りを止める。

男子たちだけが、踊っている。その後途中で踊りを止めると、今度は女子たちが一斉に踊り始める。

膝(ひざ)と膝を数回当てて踊る、A子。

男子たちがまた、踊り始める。

全員が、揃って踊っている。

男子全員が右から左へと移動する。同じく女子全員が、左から右へと移動する。

互いに交差してすれ違う。
全員が、１回横に回る。
全員、ラストのガッツポーズを決める。
A子、ガッツポーズを決める。

○モニタービルA

ガッツポーズを決めるヒロシと、A子と４人の小学生たち。
ミュージックEが終了する。

○信号機

青は踊り続けている。
赤、ベッドの上で、いびきをかいて寝ている。

○交差点

各通りから、１組20人、男女１００人が交差点内に走って集合した。
ハッピにスパッツ、鳴子と呼ばれる木でできた楽器を両手に持ち、鉢巻きと夏祭りらしい服装をしている。ＪＲ渋谷駅を背にして整列する。勢揃いしている男女。
リーダーの女性ａ子㉓がいる。
北海道のよさこいダンス、道産子ジャッカーたちだ。

○モニタービルＡ

ワイルド・ジャックが、北海道のよさこいソーラン祭りの歌を歌い踊り出す。
Ａ「鰊（にしん）来たかと鴎（かもめ）に問えば……」
ソーラン節を踊るヒロシとメンバー。
ミュージックＦ、開始。

○交差点

全員で踊っている道産子たち。
優雅に穏やかに踊っているＡグループ。
優雅にａ子が踊っている。
両手を左右に振って踊るＢグループ。

上品に緩やかに踊るCグループ。
組ごとに、踊り方が違っている。
各通りの歩道上から、彼らの踊りを眺めている見学者たち。
全身を使って踊るDグループ。
踊っているEグループの足。
汗を流しながら踊るa子。
鳴子を鳴らして踊る、b子。
踊っているCグループの手。
暑くとも、笑顔を絶やさずに全員が踊っている。
右手と腰を振って踊るe子。そのe子の黒い影も、同じく踊っている。
背中をのけぞらせて踊る、a子。
傍観している歩道上の観衆たち。

○宮益坂通り

　4台の大型車がやってくる。機動隊だ。
交差点の数百m手前で停車する。

○派出所内

宏、パソコンに向かって彼らの様子を見ている。

宏「(呟く) やっと、来たな……」

○宮益坂通り

街頭に設置された監視カメラがある。

先頭の大型車が停車している。

ドアが開く。地面に降り立つ足。隊長(39)である。

後ろから、隊員たちが降りてくる。

隊長の背後に整列する50人の隊員たち。総勢51名。

隊長の目の前で踊っている道産子たち。

隊長、振り向いて隊員たちを見る。

整列している隊員たちの顔。

ヘルメットの中で、額に汗を流している隊員A。

広場前で立ち止まっている一般観衆たち。不安げに彼らを見ている。

隊員B、踊っている道産子たちを見てつい軽く右手と上半身でリズムを取る。

隊長に頭を度突かれる。痛がる隊員B。

隊長「みんなー、連中を道交法違反及び騒乱罪で逮捕しろーっ」

隊員「おーっ」

隊長が、先陣切って走り出す。追って、50人全員が走り出す。

○派出所内

窓際から、黙って傍観している宏。

○交差点

踊っている道産子たち。都会の酷暑にも耐えて踊っている、a子。

踊っている道産子たちの間を縫うように中に割って突入する、隊長と隊員たち。中に割って突入する隊長。

隊長、a子の手を握って捕まえる。

＊

隊長、手錠を持って知的障害者の女性a子を逮捕しようとする。

隊長のそばに、黒子Aがいる。

黒子Ａ「信じられない。お前たちは障害者を逮捕するのか？」

隊長、周囲を見ると踊っているのは道産子たちではなく、障害者たちだった。

目を疑う隊長及び隊員たち。

障害者１００人、付き添いも１００人。

車椅子の人、知的障害者、身体障害者、盲目の人、難聴者、小人症（こびとしょう）の人などが付き添いの人と一緒に楽しく踊っている。

踊りとは言えないが、彼らは彼らなりの踊りを一生懸命披露している。

車椅子を巧みに駆使して踊る男性。

踊っている男性の知的障害者。

義足をつけて踊っている女性。

隊長、ａ子を逮捕したいが多少戸惑う。

部下たちも手錠を手にして迷っている。

黒子Ａ「おーい、逮捕するつもりか。道交法違反かもしれないけど、こんなに楽しそうに生き生きと踊っているのに、少しぐらい大目に見てやれよー」

盲目の男性が踊っている。

痴呆の老人が踊っている。

松葉杖をついて踊る右足骨折の女性。
てんかん気味の男性が踊る。
踊っている、大勢の障害者たち。
a子に手錠をかけようとする隊長。
生き生きと踊っている、障害者a子。
黒子A、じっと隊長を睨みつける。
手錠をかけようとしている隊員たち。
歩道上で機動隊を睨んでいる観衆たちが、障害者たちの踊りを見守っている。
楽しく踊っている、障害者たち。
逮捕に踏み切れない、優柔不断な隊長。
戸惑っている、隊員たち。
障害者a子に手錠をかける、隊長。
黒子A「(呆れる)あーあー、これで警察は世間を敵に回したな」
かけられても踊り続ける、障害者a子。
顔面蒼白、観衆の目を気にする隊長。
隊員たちも彼らの目を気にし出す。

観衆たちが、少しずつ交差点の中に入ろうと近づく。威嚇している。
一歩身を引いて、動揺する隊長。
笑顔で踊っている障害者a子。
手話の男性が踊っている。
少しずつ近づく、観衆たち。
身の危険を感じる隊員たち。
良心と観衆に、動揺している隊長。
黒子A、隊長を睨みつける。
隊長、障害者a子の手錠を鍵で外す。
安心する、黒子A。
心がほっとする隊長。
楽しく踊っている障害者a子。
隊長、周囲を見渡すと黒子Aがいない。
観衆たちは、歩道上に戻って彼らの踊りを楽しそうに眺めている。
踊っている障害者たち。隊員たちも、ほっと胸をなでおろしている。
障害者a子、隊長の手を取って一緒に踊ろうと催促する。微笑む障害者a子。

隊長、やけになって一緒に踊り出す。
隊員たちも、一斉に踊り出す。
隊長、ニコニコと楽しそうに踊る。
障害者a子、笑顔で踊っている。
踊っている障害者と隊員たち。

○派出所内

窓際で、呆れる宏。
宏「お前たち、職務を放棄するなー」
宏、FAX電話の受話器を取る。
宏「課長、機動隊での鎮圧作戦、失敗に終わりました」
課長の声「うるさい。今、サンバの特訓で忙しいんだ」
宏「(呆然と)えっ?」
警察署も、魔力に汚染されたようだ。

○信号機

ミュージックFが終了する。

青、頑張って踊っている。

赤、扇風機の風に当たって美味しそうに生ビールを飲んでいる。

○交差点

タキシードを着た男性たち、ウエディングドレスを着た女性たちが、交差点内に集まった。メンデルスゾーンの結婚行進曲が流れる。ミュージックG、開始。

マリッジ（結婚）ジャックたちだ。

タキシードを着た宏と、ウエディングドレスを着た博恵が肩を並べている。その博恵は実体ではなく、CGで作られた虚像、つまり宏の博恵に対する結婚願望、想像の産物だった。

101組の婚約者たちが集合し、ソーシャル（社交）ダンスを踊り始めた。

結婚行進曲のミュージックG、終了。

宏「（緊張する）ひ、博恵さん。ぼ、僕と、け、結婚して、下さい……」

博恵「（笑顔で）ハイ」
軽快な、社交ダンスの音楽が流れる。
ミュージックH、開始。
宏とCGの博恵が社交ダンスを踊る。
博恵は上手だが、宏は全く絵になっていない。リズムが合ってない。
全員、愛する者同士が、微笑ましく社交ダンスを踊っている。
◎黒人男性と日本女性が、仲むつまじく踊っている。国際結婚のカップルが、全部で10組いる。
◎老人のカップルが踊っている。背筋がピンと伸びて、そのリズミカルな動きはとても高齢者とは思えない。
◎10代の、ヤンキー風のカップルが踊っている。新婦の腹部が膨らんでいる。手を軽く握ってはいるが、背中を合わせて軽快に踊っている。
◎バツイチ同士の30代のカップルが踊っている。その傍らで母の息子（10歳）と父の娘（8歳）、これから正式に兄と妹になる2人も正装して社交ダンスを踊っている。両親に負けず劣らずその動きは敏捷である。
◎年上新婦と年下の新郎が踊っている。

新婦は強引に新郎を引っ張って、誘導し踊っている。新郎、姉さん女房に振り回されている。

◎20代のカップルが踊っている。なぜか嫌々踊っている新婦。そこへ、別れたワンピース姿のギャルが駆けつけてくる。新郎を平手打ちしては、その場で大声で泣きじゃくる。

そこへジーパン姿の男性が駆けつける。新郎を殴っては、新婦を略奪する。2度も殴られて、茫然と立ち尽くす新郎。新婦は元彼と喜んで踊っている。ギャル、別れた新郎を見て喜ぶ。一緒になって社交ダンスを踊り出す。新郎は嫌々踊っている。

◎中国人妻が、日本人亭主に100万円を手渡す。懐に入れる日本人男性。

中国人妻「これで、偽装結婚して下さい」

日本人亭主、現金をもらって微笑んでいる。喜んで踊っている偽装夫婦。

◎日本人亭主（農夫、50歳）が、100万円をフィリピン人妻に手渡す。

日本人亭主「僕の子供を、産んで下さい」

フィリピン人妻、現金を受け取って微笑んでいる。楽しく踊る仮面夫婦。

◎若いカップルが踊っている。そこへ新婦の父親が(49)現れる。新郎の胸ぐらをきつく握り締める。

父親「娘を欲しければ、俺を越えてみろ」

新郎「（嘆く）勘弁して下さい、総理大臣」

無理難題な条件を突きつけられて、困惑してしまう新郎。

◎身体障害者の新郎新婦が、5組踊っている。盲目の新郎と車椅子の新婦。難聴かつ手話同士の新郎新婦。知的障害者同士の新郎新婦。両腕のない女性と両足のない車椅子の男性。半身不随でキャスター付のベッドに横たわってい る新郎と、健常者の女性が彼の手を握って踊っている。互いに助け合いながら懸命に生き、踊っている。

◎踊っている、宏とCGの博恵。

◎30代の新郎と10代の新婦が踊っている。新郎の名札には、「渋谷東高校教師」と明記されている。新婦の名札には、「渋谷東高校生徒」と明記されている。

2人は教師と生徒の危険な関係のようだ。

◎新郎1人に対し、新婦3人が踊っている。新郎はニコニコしながら踊っているが、新婦たちは、憎しみを抱き、新郎を取り合いながら踊っている。男性としては、夢のような結婚式である。

◎新婦が、新郎の遺影を手にして1人で踊っている。愛する新郎を失っても、結婚を夢見る、募る思いを抱きながら踊っているようだ。

◎若い新婚夫婦が踊っている。新婦、歩道上にいる両親に笑顔で手を振る。その父親、人目もはばからず大粒の涙を流して大泣きしている。傍らで恥ずかしがっている、その母親。

◎BMWが、交差点内に入ってきて停車する。新郎新婦が降り立ち、踊り出す。新郎は、安そうなタキシードを着用している。新婦は高価なブランド物とジュエリーに包まれている。

社交ダンスを踊っている新郎新婦。

BMWに、「差押え」の札が貼付されている。彼女のドレスには、「贈与税未徴収」という札が貼付されている。

彼の上着には、「破産」という札が貼付されている。茫然と立ち尽くす。

新婦「婚約解消よっ！　このウソつき」

新郎「お前のために、全て借金したんだ！」

新婦、新郎に往復ビンタを食らわして立ち去る。悔しくて情けなくて大声で泣き叫ぶ、新郎。

◎宏とCGの博恵が踊っている。
◎全員、一斉に踊りをやめる。
　聖書を片手に、神父姿の黒子Aが、彼らの前に立っている。
黒子A「汝、渋谷を永遠に愛しますか？」
全員「（叫ぶ）愛します」
黒子A「結婚を、認めます」
　全員、互いに抱き締め合う。
宏、CGの博恵にキスしようとするが、彼女ははかなくも消えてしまった。
茫然と立ち尽くす、宏。
ミュージックH、終了。

○文化村通り
　テレビ局の大型車とワゴン車が、停車する。

交差点では、別のグループの男女が乱舞している。背広を着ている者、私服の者、そして手に何か小道具を持って踊っている。

○大型車の中

ディレクター、カメラマン、オペレーター、運転手、助手がいる。
カメラを調整しているカメラマン。

カメラマン「だめだ、壊れてる」
計器類の針が左右に大きく振れている。

オペレーター「ディレクター、計器類が踊って使用不能です」
計器類を見る、ディレクター。

ディレクター「どうなってんだ？　中継が全くできないなんて？」
踊っている計器類の針。

○ワゴン車の中

女性リポーターの久美子(24)、物理学の教授(56)、運転手がいる。
マイクをいじっている久美子。

久美子「あーん、マイクが使えなーい」
電磁波測定器を操作している、教授。
針が振れ、波長が乱れている。

窓から乱舞している群衆たちが見える。
教授「凄い。あの交差点の下から強力な電磁波が発生しているぞ。しかも、アルファ波やベータ波が異常に高く、きっと快楽物質ドーパミンが、大量に分泌しているに違いない」
久美子「教授、それで、皆が一緒になって狂ったように踊り出すんですか？」
教授「電磁波が脳内の細胞を活性化させて、神経細胞に微妙な電気信号を送り、自分の意志とは全く関係なく、勝手に作用しているんだ」
久美子「それで、どうなるんですか？」
教授「脳内物質の多量の分泌による脳の活発化、過度な運動能力による肉体的及び精神的疲労。乳酸過剰による筋肉痛とビタミン不足、放心状態、虚脱感に襲われる」
久美子「それだけ？」
教授「まー、あとは安静にして寝ていれば2、3日で回復するだろう」
久美子「教授。あたし、テニスしたあとの筋肉痛と全く同じなんだけど」
教授「あれ、診断を間違えたかな？」
首をかしげる、いい加減な教授。

○ワゴン車の外

メモ用紙とペンを手にして、ドアを開けて出てくる久美子。

久美子「（意気込む）絶対、取材してやる」

踊り狂っている群衆たち。

交差点に向かって走る、久美子。

教授も降り立つ。

教授「久美ちゃん、いかん、行ってはいけない。危険すぎる」

踊る群衆の中に紛れ込んでいく久美子。

急いで追いかける、教授。群衆の中に消えゆく。

○モニタービルA

ピーチ・ジャック（クミコ・ＡＢＣの女性４人）が歌って、踊る。

クミコが歌って踊っている。

踊っているＡ・Ｂ・Ｃ。

ミュージックⅠ、開始。

○信号機

額の汗を拭いながら青が踊っている。

赤、両足を伸ばして大きな浴槽に浸かっている。

○交差点

踊っている、老若男女の群衆たち。

彼らは、テレビ局、新聞社、雑誌社、芸能リポーターのスタッフだ。

総勢１００人以上。

＊

ナレーター(27)、使用不能のマイクを持ち、踊りながら実況している。

ナレーター「大変です。どうしたことでしょう。渋谷の交差点がなぜか、占拠されています。みんな踊っています。踊り狂っています。何かに取り憑かれたように、自分の意思とは関係なく、なんの理由もなく脈絡もなく踊っています」

＊

久美子、ペンとメモ用紙を使って楽しそうに踊っている。

彼女の背後にあるモニタービルＡでは、Ｐ・Ｊのクミコが歌って踊っている。

＊

ペンとメモを持って踊る芸能記者。

集音マイクを持って、踊る音声係。

取材を受けながら踊っている女性歌手。

ナレーター「踊ってます。踊ってます。今を時めくアイドルが、取材攻撃を受けております」

＊

映画用カメラを持って踊る男性カメラマン。その後ろで、コードを持って踊る助手。踊る若い女優を撮影している。

デジタルカメラを持って、１人の女性カメラマンも撮影している。

負けを認めるその男性カメラマン。

ナレーター「女性カメラマンが、美人女優を撮影しています。しかも、最新式の軽量かつ高画像のデジタルカメラを駆使しています。あの男性２人は、未だに旧式のフィルムカメラを使っているようです」

＊

教授、激しい頭痛に襲われ膝まずく。

教授「うわー、頭がー」

ナレーター「おっと、物理学者が突然、苦しみ出してます。何が起きたんでしょうか」

大勢の群衆が、踊りながら教授を取り囲む。教授の姿が人込みに消えた。

彼らの前でダイナミックに踊る、笑顔の久美子。そして、笑顔で正面から立ち去る。他の群衆たちも正面から立ち去る。

すると、歌舞伎の義経に変身した教授が現れる。仁王立ちで立つ、義経（教授）。変身した教授の顔。踊り出す。

ナレーター「変身しました。物理学者が、歌舞伎の義経に変身しました。睨みを利かせて、踊っています」

歌舞伎の音楽が一部だけ流れる。

教授、首を回して睨む。また踊る。

踊る教授の周りで、群衆たちは普通のダンスを踊っている。

＊

マイクを持って踊る男性リポーターが、逃げるヒロシを追いかけている。

ナレーター「ワイルド・ジャックのヒロシが、踊りながら逃げてます。リポーターの攻撃を避けるようにして逃げていきます」

＊

着物を着た実年女優が踊っている。

彼女に照明を当てて踊る、照明係。

照明が外れると、猛烈に怒る女優。

ナレーター「大物女優が踊っています。照明係が少しでも外すと、怒られています」

＊

踊り狂っている群衆たち。

大道具、小道具、美術の各5人たちが担当の道具を駆使して踊っている。

＊

セクシーギャルが、踊りながら逃げる。

カメラを持った男性ファン10人が、彼女のあとを追いかける。

ナレーター「追っかけてます。追っかけファンがセクシーアイドルを追いかけています」

＊

プロデューサー(57)、隅っこで軽くリズムを取りながら群衆を見ている。

＊

背広姿の新聞記者、新聞紙で作った兜を頭にかぶって踊っている。

＊

マイクを持った新人女性歌手(14)が、歌って踊っている。その傍らで男性リポーターが、うろうろするだけで全く見向きもしない。

ナレーター「リポーターが取材する人を探しています。にもかかわらず、新人の女性歌手が彼にアピールするかのように、その周りで踊っています。リポーター、全然、気づいていません。これは悲しすぎます」

一生懸命、目立とうと踊る新人女性歌手。

＊

Ｆ１モデル(18)が踊っている。

撮りまくる雑誌社のカメラマン(29)。

ナレーター「レースクイーンが踊っています。腰を振って、セクシーに踊ってます。カメラマンが撮りまくっています」

＊

ディレクター、オペレーター、運転手、カメラマン、助手が踊っている。

＊

不倫の女優㉖と男優㉟が、逃げるようにして踊る。カメラマンや芸能リポーター5人が、踊りながら2人を追いかける。

ナレーター「大物の俳優同士が、不倫しています。不倫が発覚したもようです。芸能記者にとって、この上ない獲物です」

＊

各自、個性的に踊っている群衆たち。

足を高く上げて久美子が踊っている。

歌舞伎を踊っている、義経教授。

＊

タイムキーパー㉖が踊っている。

椅子に腰掛けた、監督㊾がいる。腕時計を見ながら指で3・2・1と示す。

人差指で終了の合図を示す。

監督「(叫ぶ) カーット！」

＊

群衆が一斉に動きを止める。
踊りを止める久美子。
皆、不揃いの止まり方をしている。
ナレーターも踊りを止める。
睨んで、止まっている歌舞伎姿の教授。
笑顔で止まっている久美子。
ミュージックIが終了する。

○信号機

青、踊り続けている。額の汗を拭う。
赤、横になりポテトチップスを頬ばりながらテレビを見ている。

○広場前、派出所

派出所のドアを開けて出てくる、宏。
毅然とした態度で、気合が入っている。

＊

ふれあいマップ。

その下では、久美子や教授たちのスタッフが休憩している。汗をかいて休んでいる、久美子。

大の字で倒れている、元の姿の教授。

久美子の隣で、6人のホームレスが飲んだくれている。

缶ビールを飲んでいる、ホームレスA。

彼を物欲しそうに睨む、久美子。その缶ビールを強引に略奪する。

呆然とするホームレスA。

美味しそうに飲む、久美子の左の顔。

*

その背後にある、モニタービルA。

ビールを飲んでいるクミコの左の顔。

広場前の久美子とモニターのクミコ、左の顔、衣装、飲み方、全く同じ動作を取る。

久美子とクミコが、飲みほす。

美味しそうに飲んだ、2人の笑顔。

久美子・クミコ「踊ったあとのビールは最高！」
缶ビールの宣伝のようだ。

○広場前

宏、交差点に向かって歩き出す。
駅構内から、体格のいいヤクザ風の男性たち50人がやってくる。
宏のあとを、ついて歩く。
周囲の人たちは、彼らに道を空ける。怯え、不安げに見ている。
男性たち、交差点に向かって歩く。
歩いている宏の真面目な顔。

○交差点

交差点の中を歩いている、宏たち。
宏、その中央で立ち止まる。
その後ろで、彼らもまた立ち止まる。
彼らの背後には、ＪＲ渋谷駅がある。

各通りから組長を先頭にヤクザたちが51人胸を張って威勢よくやってくる。

歩いている山崎組・組長(44)。

いかつい顔をした組長の顔。組長、宏の前で立ち止まる。

子分たちも、彼の背後で立ち止まる。

歩道上の人々は心配そうに見守る。

総勢102人が対峙する。

宏と組長が、睨み合う。

睨む宏の目。眼光の鋭い組長の顔。

宏、つばを飲み込み弱腰の表情を見せる。

組長の迫真の睨みに勝てそうにもない。

組長、宏の後ろのヤクザたちを見る。

宏の背後にいる屈強の手下たち。

組長「おい、なんやねん、こいつらは？　この渋谷はな、山崎組のシマだぞ。さっさと出ていきな……」

宏「(怯える)お、お前たちが山崎組か」

組長「それがどうした」

宏「恐喝、脅迫、強要、詐欺、痴漢、傷害、暴行、窃盗、売春防止法、覚醒剤取締法、東京都迷惑防止条例などの違反容疑で、お前たち全員を逮捕する」

宏、胸ポケットから数十枚の令状を取り出しては見せる。

目を凝らしてある一枚を見る、組長。

一枚の「婚姻届」が目に入った。

宏、慌てて胸ポケットにしまい込む。

組長「お前らは、警察か？」

宏「これでも、捜査4課の刑事だ」

凄みの顔をしてはいるが、警官である。

一瞬たじろぐ、組長。

互いに顔を見合わせるヤクザたち、チョットだけひるむ。

テンポあるケンカ風のBGMが流れる。

ミュージックJ、開始。

スクランブル・ポリスたちである。

警官たちとヤクザたち、互いに対峙して両手の指を鳴らし睨み合う。

宏「みんなー、こいつらを逮捕しろーっ」

警官たち「おーっ」
　警官たち、ケンカの構えを見せる。

○信号機

青、格闘ダンスを一人でする。
赤、ソファに腰掛けて読書をしている。

○交差点

宏、組長にパンチの手を伸ばすが、簡単に払いのけられて逆に殴られる。
路面に倒れる宏。あまりにも弱すぎる。
手指をボキボキと鳴らす、組長。

＊

警官たちとヤクザの乱闘が始まる。
1対1でペアを組んで格闘する。格闘のようで、実は踊りであった。
整列して全員が、踊って格闘する。
殴る、蹴る、避ける、殴られるなどの動作、ステップがダンスとして表現される、格闘ダンスである。
踊って格闘する警官Aとヤクザ A。
踊って格闘する警官とヤクザたち。
警官B、ヤクザBを殴り飛ばす。
警官C、ヤクザCに回し蹴りをする。
警官D、ヤクザDから頭突きを受ける。

＊

倒れている宏、フラフラと立ち上がる。
目の前に、仁王立ちの組長がいる。
組長、足払いで彼をまた倒す。
地面に倒れ伏せる、ひ弱な宏。

＊

警官E、ヤクザEの胸に空手を当てる。
警官F、ヤクザFに叩きのめされる。
警官G、ヤクザGに投げ飛ばされる。
全員が格闘ダンスをしている。

＊

倒れている宏、また立ち上がる。

頭を左右に振って、目を覚ます。

突進してくる、組長。

宏、素早く銃を抜いて彼に突きつける。

一瞬ひるんで、立ち止まる組長。

＊

乱闘している警官とヤクザたち。

警官H、ヤクザHに往復ビンタをする。

警官I、ヤクザIに蹴り飛ばされる。

警官J、ヤクザJを3段蹴りにする。

＊

宏、銃を持つ手が震えている。

組長「(にやける) どうした、手が震えてるぞ。人を撃ったことがないのかい?」

宏「(怯えている) ち、近づくと、撃つぞ……。あ、当たったら、痛い目にあうぞ」

組長、薄笑いしながら突進する。

宏「（叫ぶ）うわーっ」

　引き金を引く。銃口から水が放出された。水鉄砲だ。組長の目に当たる。

　両手で目を押さえて大変、痛がる。

組長「（叫ぶ）ワーッ、何をかけたー？」

　地面の上で転がっている。

　右手に銃を持って笑っている、宏。

宏「ハハハ。これはレモン水じゃ。だから言ったろ、痛い目にあうって。ハハハ」

　人差し指で、銃を回転させる。腰ベルトにカッコよくしまって決めるつもりが、銃は地面に落ちてしまった。周囲を見回しながら、慌てて銃を拾って腰ベルトにしまう。

　広場前の観衆たちは、しっかり見ていた。

＊

　全員で殴りあいをしている。

　格闘している警官BとヤクザB。

　殴り合っている警官CとヤクザC。

　整列した警官たち、回し蹴りでヤクザたちを一斉に蹴り倒す。

＊

宏、組長の胸元を摑んで立たせる。
まだ目を痛がっている、組長。
他の警官たちも、各自相手のヤクザの胸元を摑んでいる。
ヤクザＤの襟元を摑む警官Ｄ。
宏と警官たち、一斉に背負い投げをする。背負い投げで組長を倒す、宏。
背負い投げで彼らを倒す、警官たち。
背負い投げでヤクザＤを倒す警官Ｄ。
地面に倒れている、組長。
倒れているヤクザたち。
宏、手錠を持って右手を高く挙げる。
警官たちも、同じく右手を挙げる。
宏、組長に手錠をかける。警官たちも、ヤクザたちの手首に手錠をかける。
目を痛めて観念している組長。
ヤクザの全員逮捕に酔いしれる、宏。
宏「何か、言いたいことはあるか？」

組長「この街は、俺のシマだ。誰にも渡さねえ」
宏「この街を今支配しているのは、この俺だ」
宏の目が、キラリと白く光り輝く。
目を大きく開けて、驚愕する組長。
ニコッと不気味に微笑む、宏。
ミュージックJが終了する。

○上　空

兄彗星が、白い尾を引いて現れる。

○信号機

青、フラフラしながら踊っている。
赤、バケツの水を下に落とす。踊っている青にかけてシャキッとさせる。

○ビルの一室

インド料理店、インドラ。

インドラとは、ベーダ神話の最高神であり、仏教では帝釈天（仏教を守護する善神。雷神・武勇神）と呼ばれる。

レジで代金を支払うピエール。インドの民俗衣装を着ている博恵(23)。

他にお客はいない。

ピエール、博恵に微笑みかけるとドアを開けて出ていく。

博恵「（微笑み返す）ありがとうございましたー」

入れ替わって、民俗衣装を着用した道代(23)が入ってくる。

道代「博恵。交差点が、変っ」

博恵「変って、何が？」

道代「よく分かんないけど、あそこに入るとみんな踊り出しちゃうみたい」

博恵「何かの、イベントじゃないの」

道代「そんなの聞いてないわよ。ねえ、行ってみない。どうせ店も暇なことだし」

暫く考え込む、博恵。

両目をパチパチさせて、ニコッと微笑む、道代。

博恵「マスター。チョット休憩しまーす」

その衣装のまま、2人とも楽しそうにドアを開けて出ていく。

*

廊下（エレベーター前）。
エレベーターの到着を待つ博恵と道代。
エレベーターが到着し、ドアが開く。
中に入る2人。同時に、インド人男性5人も入ってきた。

博恵「（驚く）マスターっ！」
ニコッと会釈するマスター(38)。
呆れ返る、博恵と道代。
エレベーターのドアが閉まる。

○モニタービルA
インド人の歌手とダンサー11人が、ステージでインド音楽を歌って踊っている。
マスターが、歌って踊っている。
ミュージックK、開始。

○**信号機**

インドの踊りを踊る青。

机に向かって、美味しそうにインド料理のナンを食べている赤。

○**交差点**

道代が民俗衣装を着て踊っている。

インド人10人とマスターが集まって、民族の踊りを披露している。

その横で、パキスタン人10人とリーダー(35)が踊る。互いに警戒し牽制しあって踊っている。

イギリス人とアイルランド人、各10名が、踊っている。

ユダヤ教徒、キリスト教徒、イスラム教徒、各10名が踊っている。

●**ユダヤ教・キリスト教・イスラム教についての解説（著者）**

この3宗教の原点は、すべて旧約聖書にあります。アブラハムが次男イサクを生けにえとして捧げたことで、「主（エホバ）」は契約を交わしました。その後、モーゼやダビデ王や預言者たちの物語を記したのが、旧約聖書です。

イスラム教の聖典コーランでは、アブラハムの長男イシュマエルが、アラブ人の始祖とされています。マホメットは、その最後の預言者です。

ローマのヘロデ王の支配下にあったユダヤ人たちは、キリスト（救世主）の登場を待ち望みました。しかしイエスは、ユダヤの戒律をことごとく破り、彼らからも反感をかったのです。「主」は我が子イエスを犠牲にすることで、人類との間に新たな契約を交わしたのでした。

ユダヤ人（イスラエル）とパレスチナ人とは、領有権を巡って紛争を続けています。聖地エルサレム、この小さな土地に3つの宗教と多くの民族が集まり、さらに複雑な状況を作っています。なおかつ周辺には、石油という莫大な財産が存在し、これを巡って、イギリスやアメリカや日本などの大国が狙っています。

数千年にわたる対立、いつになれば彼らに平和な生活が訪れるのでしょうか？　新しい救世主が現れることを願います。

〈参考文献〉「聖書の謎を解く」三田誠広著　文芸春秋
「図解雑学　聖書」関田寛雄監修　ナツメ社

イスラム系過激派とアメリカ人、各10名が踊っている。

韓国人と北朝鮮人各10名が踊る。その他中近東のイラク・イラン・クウェート・アラブ諸国などの計20人が踊っている。

対立する彼らは、一触即発の状態で、今にもケンカしそうな雰囲気だ。

フランス人、ドイツ人、イタリア人、アメリカ人、各10名のNATO加盟国（北大西洋条約機構）が踊り狂っている。

全員が危機的状況下で踊っている。

歩道上の観衆たちが、見守っている。

先頭の列の中央で、道代とマスターが仲良く並んで踊っている。

道代だけが、楽しそうに踊っている。
◎たくましく踊っているマスター。自分の踊りの華麗さを、パキスタン人のリーダーに見せびらかしている。
パキスタン人のリーダーも、負けじと踊りの上手さを披露する。
◎ユダヤ・キリスト・イスラム教徒たちが揃って踊っている。
◎踊っているマスターが、パキスタン人Aの肩に触れる。怒りに駆られてマスターに殴りかかるパキスタン人A。両者間でケンカが始まった。ケンカではあるが、実質的には踊りを披露していた。
インド人B、パキスタン人Bに回し蹴りをする。後ろに倒れるパキスタン人B。

◎パキスタン人Bがユダヤ人Aにぶつかると、彼はイスラム教徒Aにわざとぶつかる。イスラム教徒A、ユダヤ人Aに殴りかかる。
◎ここぞとばかりに、韓国人も北朝鮮人を殴ってはケンカを売り始める。
◎イギリス人とアイルランド人もケンカをする。
◎ユダヤ・キリスト・イスラム教徒たちが乱闘を始め出す。
◎過激派とアメリカ人がケンカダンスをする。
交差点内は、全員でケンカをしている。
小さな世界戦争、紛争である。
◎中立的な道代だけは一人で、平然と笑顔で踊っている。
歩道上の観衆たちは、楽しそうにケンカダンスを見物している。
◎ユダヤ教徒・キリスト教徒・イスラム教徒たちの間に、NATOのドイツ人たちが制止に入る。ドイツ人が、一瞬、ナチスの制服を着た軍人に見えたユダヤ人たち。彼らはキリスト・イスラム教徒よりもドイツ人に積極的に襲いかかった。殴られるドイツ人たち。

◎ケンカしているイギリス人・アイルランド人たちの中にNATOのフランス人たちが仲裁に入ると、敵意を抱いたイギリス人が逆にケンカを仕掛ける。3者間でケンカが始まる。イギリス人は、フランス人が嫌いなようだ。

◎イタリア人、韓国・北朝鮮人の中に入って制止を試みるが、彼らに殴られてついケンカをしてしまう。

◎アメリカ人と過激派がケンカをしている。「総理大臣」の名札をつけた総理が、アメリカ人Aの手に現金100万円を手渡して資金援助をする。アメリカ人A、現金をもらうと元気を出してケンカする。

◎中近東諸国の人たちのケンカでは、NATOのアメリカ人10人が介入してきた。アメリカ人が介入すると、彼らは互いに目を見て協力し合い、アメリカ人たちを叩きのめし始めた。袋叩きのアメリカ人たち。各国ともケンカをしている。

◎ケンカしているマスターとパキスタン人のリーダー。その時、笛の音が聞こえてくる。

その方角を見る、2人。

国連の制服を着ている道代が、笛を吹いていた。人差し指を「チッチッチッ」と振り、ケンカをやめさせる。

全員ケンカをやめて、彼女を見る。

歩道上の観衆たちも、彼女を見ていた。

ケンカを一時中止して道代を見る、ユダヤ・キリスト・イスラム教徒・ドイツ人たち。

道代、マスターとパキスタン人のリーダーの手を取って互いに握らせる。嫌がる2人。

しつこくも手を握らせる道代。


道代「ハンド、イン、ハンド」

ミュージックK、終了。

替わって、フォークダンスの音楽が流れてくる。ミュージックL、開始。

肌の色、人種、民族、宗教、言語、体格、慣習を超越したレインボー・ワールドたちが、手を取りあって踊り出す。

微笑む道代。

道代「イエス、ダンス！」

道代、インド人Cと一緒に踊り出す。

全員、相対立する敵同士が嫌々手を握って円陣を組む。

マスターとパキスタンのリーダーも嫌々踊り出す。踊り出すインド・パキスタン人たち。

手を握って渋々と踊り出す、韓国・北朝鮮・イタリア人たち、イギリス人・アイルランド人・フランス人たち、ユダヤ教・キリスト教・イスラム教徒・ドイツ人たち、中近東諸国の人たちとアメリカ人たち、過激派とアメリカ人。

円を描いて全員が踊っている。

リズムを取り軽く手を叩いて、観衆たちも平和そうに見学している。

道代とインド人Cが楽しく踊っている。

仲良く踊っているマスターとリーダー、並びにインド人とパキスタン人たち。

踊っている韓国と北朝鮮人とイタリア人たち。

イギリス人とアイルランド人とフランス人たち。ユダヤ教・キリスト教・イスラム教・ドイツ人たち。中近東諸国の人々とアメリカ人たち。過激派とアメリカ人たち。
いつしか、楽しそうに踊る全員。
全員、踊りを止めて右手を高く挙げる。
右手の人差し指を高く挙げる道代。
道代「(叫ぶ) 世界は、ひとつ」
右手を高く挙げるマスターとリーダー。
全員の右手の人差し指が高く挙がる。
全員「世界は、ひとつ」
道代が指す右手の人差し指の先には、上空にある兄彗星が見えた。

○上　空

球体となった、兄彗星が滞空している。
尾は引いていない。

○広場前

大勢の観衆が、彼らのフォークダンスを楽しそうに眺めている。

敵国同士、にこやかに手を取り合い、交差点内を円陣を組んで踊り回ってい
　る外国人たち。

○派出所内

　ドア越しに立って、彼らの踊りを見ている博恵。踊りたくてウズウズしてい
る。まだ、民俗衣装を着用している。
　椅子に腰掛けて、携帯電話で遊んでいる宏。左目に、青アザが残っている。
博恵「宏ー。なんでみんな交差点に入ると踊り狂っちゃうの？」
宏「数時間前に、この交差点に彗星が落下しただろう」
　絶句する博恵。
宏「その影響で交差点内に異常な電磁波が飛び交って、脳細胞や運動神経に影響を
　与えているみたい。電話も、全然つながらないんだから」
博恵「何、バカなこと言ってんのよ」
宏「（ぼやく）信じてくれよー」
博恵「警察は何やってんの？　交差点を占領されて、黙って見ているつもり？」
宏「電磁波の根っこが警視庁や都庁や国会にまで伸びて、彼らの頭脳を支配してい

るから無理なんだよ」

呆れ返る博恵。

携帯電話のメールで遊んでいる、宏。

窓から、フォークダンスを踊っている外国人たちを見ている博恵。

博恵の身体が、自然とリズムを取る。

博恵「宏ー、あたしも踊りたーい」

宏「(愛想悪く)勝手に、行けば」

携帯電話に、メッセージが流れる。

文字「母、心配している。早く帰ってこい。兄より」

宏「(涙ぐむ)かーちゃーん」

博恵、彼の前に立つ。

博恵「(甘える)ねー、一緒に行こうよー」

宏、我に返ってうろたえる。

宏「イヤーだ。踊りは嫌いなの」

ミュージックL、終了。

博恵、外を眺めると、彼らに変わって浴衣を着たミセス101人が、各通りから交差点内に踊り出てくるのが見えた。「越中おわら節、風の盆踊り」の曲が流れる。

笠を被（かぶ）り、黒帯を締めた女性たちが踊り歩く。富山県の八尾（やつお）町、毎年9月1日から3日間だけ行われる、風よけと五穀豊饒（ごこくほうじょう）を願うお祭りである。

ミュージックN、開始。

○信号機
浴衣を着て盆踊りを踊る、青。

赤、露天風呂に浸かっている。

○モニタービルA
ステージで、ミセス・シャワー（11人）が風の盆踊りを歌って踊っている。

歌っている、ミセスA(48)。

歌詞「越中で立山、加賀では白山……」

三味線・太鼓・胡弓（こきゅう）などの音律が、渋谷の街の中に鳴り響く。

○交差点

円陣を組み、行列を作って練り歩く。

盆踊りを踊っているミセスたち。

全員、楽しそうに踊っている。

ミセスＡが踊っている。

広場前にいる人々、次第にいなくなる。

ミセスには興味がないようだ。

歩道上の人々、見学する者もなく無視して歩いている。特に男性たちは関心がないようだ。けれども多くの女性たちは、その風の盆踊りを見て楽しんでいる。

手を振って踊るミセスＡ。

踊っているミセスＢの足。

歩いて踊る、ミセスＣ。

踊っているミセスＤの顔。

踊っているミセスたちの後ろ姿。

円形に回りながら踊るミセスたち。
踊っているミセスたちの手。
全員が、生き生きと踊っている。

○派出所内

ドア越しに眺めている博恵。
博恵「(歓喜) 見て見て、風の盆よ。あたしも、富山に行って踊ってみたい」
宏「(怒る) なにー、盆踊りだとー。ここは渋谷だぞ」
宏、テレビのリモコンを持ってムッとして立ち上がる。
宏、ドアまで歩み寄りリモコンを外に向ける。早送りのスイッチを押す。
博恵「何すんの?」
宏「おばさんの踊りなんか、見たくもない」
踊っているミセスたち。

○交差点

踊っているミセスたち。

楽しそうに、全員が踊っている。

踊っているミセスA、急にその踊りが早くなる。音楽も早くなる。

全員、早く踊る。早く踊る。

ミセスたち、急ぎ足で踊りながら各通りに分散して消え去っていく。交差点には誰一人としていなくなる。

ミュージックN、終了。

○派出所内

博恵「(驚く)信じられなーい」
宏「渋谷に、理屈はいらなーい!」
ドアの窓に映る、宏の不気味な笑顔。
遠目で見ながら、少し怖がる博恵。

○モニタービルA

ステージに11人のレオタードを着た女性が現れる。リーダーA子(24)が甲高い声を発して踊ると、他の女性たちも踊り出す。アフタービートたちだ。

ジャズダンスのＢＧＭが流れる。

ミュージックＭ、開始。

○信号機

レオタードを着た青が、踊り出す。

赤、ベンチプレスを使って腕と胸の筋肉を鍛えている。

○交差点

黒子Ａと黒子３人が、広場前から一人用の大きなお立台を持ってくる。中央に設置する、黒子４人。黒子Ａ、お立台に上がって踊り出す。

タコ踊りのような、へたくそな踊りだ。

広場前に向かって立ち去る黒子３人。

１０１人のレオタードを着た若い女性たちが、集まってくる。お立台を中心にして円陣を組んで踊る。

お立台に上がるリーダー。蹴りを入れて黒子Ａを落とす。

落ちる黒子Ａ。アッカンベーをして、走り去る。

スーパー渋谷を背にして踊るリーダー。特徴ある声を発して踊っている。
髪を振り乱して全員が踊っている。
セクシーに踊っている女性たち。
過激に踊るリーダー。
腰を振って踊っている女性A。
両手を左右に振って踊る女性たち。
右足を高く上げて跳びはねる女性B。
腰を振り、セクシーに踊る女性C。
踊っている女性たちの美脚。
片足を前後左右に振って踊る女性D。
全員が、飛び上がって踊る。

＊

各通りの歩道上では、たくさんの見学者であふれている。おじさんたちが多い。

○派出所内

背伸びをして、何度も見ようとする宏。

派出所前は人だかりで、ダンサーたちが全く見えない。

博恵「（苦々しく）何やってんのよ?」

ドアから離れて、椅子に座る宏。

宏「（諦める）畜生、全然見えやしない」

○交差点

前後左右に動いて、全員が踊っている。

手を叩いて踊っている女性たち。

声を発して踊る、リーダー。

腰をくねらせて踊る、女性F。

背中をのけぞらせて踊る女性たち。

両手を上げて踊っている女性G。

女性H、開脚して高く飛び上がる。開脚したまま、地面に下り立つ。

バック回転をするリーダー。

手を使って踊っている女性たち。
全身を駆使して踊っている女性たち。
リーダー、お立台に両手をついて踊る。
全員、地面に両手をついて踊る。両手を使い、全身を回して踊る。
お尻をフリフリして踊るリーダー。

○上　空

滞空している兄彗星。
周りから、キラキラ輝く粉雪のような物質を放出し始める。
彗星の全体が眩しく光輝き出す。

○派出所内

ドア越しに、背伸びをしてダンサーたちを見ようとする博恵。
人の頭が多くて、全然見えない。
自分も踊りたくてウズウズしている。
宏、椅子に座って携帯電話でメールを送信しているようだ。

博恵「宏ー、あたしたちも踊ろうよー」
宏「イヤーだ」
博恵「いいじゃない。この交差点で踊れるなんて、二度とないんだからー」
宏「2回も、踊る気なーい」
　頬を膨らませる博恵。
　携帯電話で遊んでいる、宏。

○交差点

　立って、全員が踊っている。
　走るカッコで踊っている女性たち。
　足を高く上げて踊っている女性I。
　交互に膝を上げてリーダーが踊っている。
　リーダーの足元から、粉雪のような結晶のような光る物質があふれ出てくる。
　リーダーの足首の高さまで、包み込む。
　路面で踊っている女性たちの足元からも、キラキラと輝く物質が包み込む。
　踊っている女性Jの足首を包み込む。

全員の足首を包み込む。
ダンサーたちは、全く気づいていない。
光る物質は交差点全体に広がった。

＊

各通りの歩道上で群がって見学している人々も、全然気づいていない。
そんな彼らの足首にも、光る物質が一帯を覆いつくしている。
そして、見学者の膝元まで、光る物質が覆う。膝まで高くなっていった。

＊

全員が踊っている。彼女たちの膝まで光る物質が覆っている。
お立台で踊っているリーダー。その高さのため、足元だけが包まれている。
長い髪を振り乱して踊っている女性K。
踊っている女性たちの手。
光る物質は、彼女たちの腰まで覆った。
セクシーに踊っている女性L。
右足を使って踊っている女性たち。
光る物質は、胸元まで覆い尽くした。

さらに光は全員の首まで覆った。
お立台で踊っているリーダー。そして彼女の全身も白い光に覆われる。
交差点周辺は真っ白い光に包まれた。
人の姿が見えない高さまで、達した。
白い光は中央で盛り上がる。さらにビルの高さまで、盛り上がる。
そして光は、巨大な光る柱となって天高くと放たれた。
上空に向かう、巨大な白い光。

○上　空

兄彗星の横をかすめて天に向かう、巨大な白い光。それは弟彗星が渋谷から、去っていったのだ。

○派出所内

ミュージックM、終了。
博恵に正面を向けて座ったまま、携帯電話で遊んでいる宏。
博恵、毅然と立っている。

その背後にあるドアは、白い光に包まれて外が全く見えない。

博恵「（睨む）宏、行こうよ」

博恵、右手で、彼の左手を摑んでは強引に立たせては連れ出す。

宏「（怒る）何するんだよっ」

博恵、宏を引っ張ってドアを開ける。

外は真っ白で景色が見えない。

連れられてしまう、宏。

宏「おいおい、ちょっと待てよ」

博恵、宏を連れて白い光の中に入っていく。消えてしまう。

ドアが閉まる（F・I）。

○信号機

暗い青が立っている。踊っていない。

赤、直立不動のまま光っている。

自動車が往来しているようだ。

○広場前

派出所の入り口前。
光は消えて、今までどおりの渋谷らしい騒々しさ賑わいに戻っている。
弟彗星が、渋谷から去っていったのだ。
交差点の中を、自動車が往来している。
大勢の人々が、信号待ちをしている。
ふれあいマップの下で、飲んだくれている6人のホームレス。
博恵、嫌がる宏の手を引っ張って交差点の手前まで歩み寄る。
宏「なんで、俺が踊らないといけないいんだよ」
博恵「いいから、たまには、あたしに付き合ってよー」
宏「俺は今、勤務中だぞ」
頬を膨らませる、博恵の顔。

○ファイヤーストリート

信号機が青から赤に変わる。軽四トラックを先頭に、自動車たちが停車する。
軽四トラックを運転している、青年。

○モニタービルA

知事(68)出演の東京都のCMが流れる。

○交差点

広場前から大勢の人々が、渡り歩く。
往来している人々。
宏を引っ張って歩く博恵。
各通りの歩道上から、人の波が押し寄せ行き交う。
博恵と宏、交差点の中央で立ち止まり、対峙する。ふてくされている、宏。
渡り歩いている、人々。
博恵、宏に微笑みかける。
顔を横向いて、呆れ返る宏。
博恵、民俗衣装を脱いで放り投げる。
民俗衣装が宙に舞う。
Tシャツにホットパンツを着ている。

○モニタービルA

ピンク・ジャック（ヒロエとミチヨ）の、プロモーションビデオが流れる。

歌って踊り始める、ヒロエとミチヨ。

踊っているヒロエの顔。

ミュージックO、開始。

○交差点

踊っている博恵の顔。

大勢の人々が、変な目つきで踊っている博恵を見ている。

一人で平然と踊っている博恵。

宏、周囲を見回すと正常な渋谷に戻っていることに気づく。恥ずかしさのあまり、少しずつ後ずさりして他人の振りをする。

周囲を気にすることなく踊り続ける博恵。

そのダイナミックで切れのある踊りに、周囲の人たちの足を止めさせる。

若いアベックAが立ち止まって、彼女の踊りを眺める。

女性Ａ「ねえ、交差点のど真ん中で、踊っていいの？」
男性Ａ「まずいだろう。道交法違反になるぞ」
大勢の通行人たちも、２人５人と足を止めては彼女の踊りを見入る。
左右に横に歩いて踊る、博恵。
次第に彼女を取り囲むようにして、道行く人たちが群がって見物し始める。
その数、１００人が彼女を囲んでいる。
大道芸人と思って見ているようだ。
宏、彼女を制止しようとする。
宏「君、君。ここは交差点のど真ん中なんだから。こんな所で踊っちゃだめだよ」
博恵、回し蹴りで宏を蹴り飛ばす。
後ろに倒れる宏。
アベックＡ、嬉しそうに拍手する。
他の人たちも宏が倒され、拍手して喜ぶ。
アベックＢが、軽くリズムを取る。

○信号機

人型の青が点滅し、赤に変わる。

○ファイヤーストリート

トラックや自動車が、渋滞している。
クラクションが鳴り続ける。
交差点が、１００人の人垣の山で、車が全然動けないのだ。

＊

停車している、軽四トラック。
青年がクラクションを何度も鳴らす。
人垣は全然反応しない。無視している。
青年「（ぼやく）どうなってんだよー」
彼の目の前に、ヤンキー兄ちゃん（10代）５人が取り囲む。
ヤンキーA「うっせーんだよ。俺たちの渋谷に、ケチつけんじゃねーよ」
ビビッて小さくなる、青年。
ヤンキー５人、背を向けて軽く踊りながら立ち去る。全然下手である。

○交差点

赤信号になっても、２００人の人垣が交差点から動こうとしない。
平然と、楽しそうに踊っている博恵。
彼女を傍観している２００人。
アベックA、互いに視線を合わせる。
女性A、ニコッと微笑み踊りを誘う。
男性A、微笑んで頷く。身体を動かし始め、踊り出す2人。
腰を振り、手足を使い、博恵の過激なダンスに見とれている大勢の人たち。
周囲の人々も、連鎖反応で2人4人と踊り出す。
４人のOLが踊っている。
10人の女子中学生が踊っている。
アベックB、C、Dが踊っている。
6人の男子高校生が踊っている。
皆個性的な独自の踊りを披露している。
今、彗星の影響とは全く関係なく自分たちの意志だけで踊っているのだ。

彗星の魔法ではなく、渋谷という不思議な街、広大な交差点の魔力に取り憑かれた人々が、全世界共通の言語「ダンス」という合言葉で、心ひとつにして踊り狂い始めているようだ。

３００人の人々が踊り狂っている。

○広場前

信号待ちをしている大勢の人たち。
アベックＥ、軽くリズムを取っている。
女性Ｅ「ねえねえ、踊っちゃおうか」
男性Ｅ「捕まったら、どうするんだよ？」
女性Ｅ「かまやしないわよ。ビビッてないで踊ろうよ」
女性Ｅに手を握られ、交差点の中に連れられていく男性Ｅ。

○交差点

適当に踊っている、５００人の人たち。
楽しそうに踊っているアベックＦ。

両腕を前後左右に振って踊る、博恵。
あのヤンキー男5人が、踊っている。
50代の会社員8人が黒田節を踊る。
両手を振って、ＯＬ7人が踊る。

*

周囲で停車している自動車たちから、「ドケ」という警笛が響き渡る。

○道玄坂通り

信号待ちをしている、人々。
彼らも我慢できなくて、信号を無視して次から次へと交差点内へと雪崩れ込んでいく。交差点へと走り出す、人々。交差点内で踊り始める、700人。

○地下道の出入り口

地下道から人があふれ出てきて、彼らも踊り出す。1000人以上になった。

○文化村通り

各ビルから出てきては、交差点に向かって走り出す、大勢の人々。各自、思い思いに、個性的な踊りを披露する。

2000人になった。

○大江戸百貨店周辺

交差点に向かって走る人たち。人の波が、交差点に向かって雪崩れ込む。交差点に行かずとも、その百貨店の前で踊り出す人たちも、現れ出した。若者たちに交じって、老夫婦も一緒になって踊り出している。

○JR渋谷駅、ホーム

山の手線が停車すると、大勢の人たちが下車した。一斉に改札口へと走り出した。携帯電話で噂を聞きつけた人たちが、渋谷の交差点に集結し出したようだ。

3000人に膨れ上がった。

○交差点

もう5000人以上の人が、交差点を占拠し踊り狂っている。

人が多く、博恵もダイナミックな踊りができなくなってきた。

踊る群衆に紛れている宏。携帯電話でメールを送信している。モニタービルAに何やら送っているようだ。

博恵、ふと我に返り、踊っている周囲の人々を見渡す。携帯電話を使用している、宏を見る。

博恵「宏、踊ろうよー」

宏、携帯電話をポケットにしまう。深呼吸し、怖い顔で彼女をじっと見る。

博恵「（膨れる）何よ？」

宏、胸ポケットから一枚の用紙を取り出して逮捕令状のように見せつける。

宏の真剣そうな顔。

博恵「何よ、これ？」

宏「お前を一生、俺が逮捕する。黙ってこれに署名・捺印しろ」

逮捕状を博恵に手渡す。

博恵「これって、逮捕状じゃない」

宏、慌ててよく見る。用紙が違う。
胸ポケットから、婚姻届を取り出して博恵に手渡す。受け取る、博恵。
博恵「これって、婚姻届じゃない」
驚いて、宏の顔を見る博恵。
宏「署名・捺印したら、踊ってやる」
博恵「(呆れる) あのねー、結婚の申し込みって、多少順序っていうものがあるでしょう」
宏「なんだよ、順序って?」
博恵「(困惑) 順序って、あの、その、決まり文句があるじゃない」
宏「言っている意味が、よく分からない」
博恵「けじめよ、けじめ……」
宏「(大声で) とにかく、署名するのかしないのか、どっちなんだよ。ハッキリしろ」
博恵「(渋々と小声で) はい」
宏「よし。明日、一緒に区役所へ行くぞ」
博恵「(小声で頷く) はい」

宏、彼女の両手を握ってチークダンスを踊り始める。全然踊りになってない。
博恵の足を踏む、宏の足。
痛みをぐっと堪える、博恵の顔。我慢して、彼に抱きついて踊る。
平然と踊っている、宏。
博恵、踊りの下手くそさ、結婚の申し込みに不満を抱きながら踊っている。
博恵の声（僕と結婚して下さい、ってけじめぐらいつけてよね……）
宏「結婚指輪は、パチンコで稼いだら買ってやるからな」
博恵の声（もう、ムードがないんだからー）
男女が頬をすりよせて踊るチークダンスを踊っている、宏と博恵。
周囲の人々は、自分なりの個性的な踊りを披露している。
踊り狂っている、大勢の人々。

○交差点

踊っている、1万人の群衆たち。

＊

チークダンスを踊っている、宏と博恵。

彼女の目の前で、ピエールが踊っている。大勢の群衆がいる中で、狭くとも、大胆に激しく、その華麗なダンステクニックは誰よりも優れていた。

ピエール、博恵に投げキッスを送る。

博恵も笑顔で、投げキッスで答える。

博恵の声（宏、ごめんね。あたし、二股かけてるんだ）

リズム感のある踊りを披露している、ピエール。

○ファイヤーストリート

その通りで大勢の人たちが乱舞している。

停車している自動車たちが、クラクションを鳴らしている。

軽四トラックが停車している。

青年が、ドアを開けて降りてくる。

頭に、《渋谷命》と明記したハチマキを巻く。その場で自分も踊り始める。

全然、様になっていない踊りだ。

停車している後続の自動車たち。一斉に、左右のドアが同時に開く。走行を諦めた大勢の人が同時に出てきては、一緒になって同じ踊りを始める。

道路上で踊っているその人々。
道路まで、ディスコ会場と化した。

○ＪＲ渋谷駅、南口

交差点は人であふれかえり、歩道や道路まで人で埋め尽くされた。交差点に入りきれない人たちは、その他の通りを埋め尽くしてまで踊り始めている。

2万人以上が踊っている。

○ハチ公前広場

ハチ公の周囲で、踊り狂っている大勢の人々。
老夫婦と孫の3人が踊っている。
楽しそうに踊っているアベックG。
携帯電話で、会話しながら踊っている女子高校生H子とI子。

○道玄坂、文化村通り

交差点が人で埋め尽くされ、踊る場所を失った人々が、周辺の道路を占拠して踊っている。
歩道・車道上を占拠して踊る群衆。
道路では、自動車が渋滞している。
開き直って、彼らもまた外に出て一緒になって踊っている。
総勢3万人以上が乱舞する。

○交差点

狂乱に酔いしれている、群衆たち。
交差点では、人の顔しか見えない。
老若男女に埋め尽くされ、身体を軽く動かす程度でしか踊れない。
総勢4万人以上の人々が踊っている。

＊

ウォークダンスをしているピエール。
チークダンスを踊っている宏と博恵。
宏、腕時計を見て時刻を確認する。
その腕時計には、携帯電話の機能も兼ね備えていた。メールを受信する。

宏、背中をモニタービルAに向ける。
博恵、モニタービルAを見ている。
ピンク・ジャックの音楽が終了する。
ミュージックO、終了。

＊

モニタービルA。
「愛の伝言板」と称したテロップがモニターに流れる。
恋愛ムード及びテンポあるBGMが流れる。ミュージックP開始。
◎「敏子さん、お誕生日おめでとう。光彦」
◎「ゆかりさん、あの時はごめんなさい。明」
◎「美喜ちゃん、付き合って下さい。俊輔」
◎「博恵、俺と苦労をともにしてくれ。結婚して下さい。宏」

＊

その画面を確認する博恵。感激のあまり声を失い、涙ぐむ。宏をきつく抱き締める。
ぎこちなく、黙って踊っている宏。

踊っている周囲の人たち。

踊っている4万人の群衆。

○宮益坂通り

踊る群衆に、埋め尽くされている。

交差点から500メートル離れた通りに、警官隊や機動隊、数100名が徒歩で割り込んでくる。

派出所の巡査5名もいる。

先輩「おい、なんだこの騒ぎは？」

巡査A「これじゃー、派出所に帰れないぞ」

巡査B、携帯電話で宏にかける。

巡査B「おい、宏……」

ブチッと切られる。

巡査B「畜生、切りやがった」

ハンドマイクを持ったあの機動隊長が、群衆に向かって叫ぶ。

隊長「みなさん、踊るのをやめなさい。でないと逮捕します。速やかにこの場から退去しなさい！」
彼は何度も何度も退去命令を叫ぶが、皆、無視して踊り続けている。
自分の世界に浸って、踊っている人々。
隊長、機動隊員もウロウロするだけで、何一つ手が出せれない。
隊長「俺、数時間前にも、ここにいたような気がするんだなー？」
隊員A「隊長もですか？　自分もさっき、ここに来たような記憶が残っているんですよ」
隊長「俺だけじゃ、なかったのか」
隊員B「隊長。警視総監から無線です」
無線機を受け取る、隊長。
隊長「替わりました。警視総監どの」
警視総監の声「総理からの命令だ。選挙が控えているんだ、1人も死者を出すな。くれぐれも、鎮圧は慎重に実施するんだぞ」
隊長「ハイ。警視総監どの」
無線機を隊員Bに返す。
隊長「よーし。東大を首席で卒業したんだ、自分にできないわけがない。絶対に警察庁長官になってやる。おい、マニュアルをよこせ」
隊員C、マニュアル本を隊長に手渡す。
隊員C「(ぼやく) 鎮圧なんか、マニュアル通りにできるわけないだろう。バーカ」
隊長、マニュアル本を読んでいる。

○交差点

チークダンスを踊っている宏と博恵。
踊っているピエールと道代。
踊り狂っている、5万人の群衆たち。
ミュージックP、終了。

○モニタービルA

伝言板が流れる。
◎「ハチ公前派出所の人たちへ」
◎「宏さん、万引きは2度としません。家族を大切にします。主婦より」
◎「暴走族を卒業しました。宏さんとの約束は守ります」

◎「いじめっ子を殴ったら、なぜか友達になりました。宏さんのおかげです」
◎「宏さんへ、引きこもりを克服しました。今、自転車で北海道を走っています」
◎「宏さん、自殺なんか考えません。自分より不幸な人が大勢いることを悟りました」
◎「平和な日本に暮らして、夢も希望もないなんて贅沢でした。宏さんに勧められて、アフリカに行って子供たちを救います」
◎「宏さんの、真摯な熱意に負けました。家族のためにも刑期を終えます」

○交差点

博恵、宏とチークダンスを踊りながらそのモニターを見ている。すべて宏に関する出来事であり、感謝の気持ちを表していた。

宏の人柄に対し思わず涙ぐむ、博恵。

それは、背を向けていた宏には一切目に触れていない。彼はその伝言板のことは、何一つ知ることはなかった。

*

大勢の人たちが踊っている。

先輩たちが、群衆に紛れてそのモニターを見ていた。
先輩「おい、なんだ、あの伝言板は?」
巡査C「宏ばっかりじゃん。俺たちに、お礼はなしかよ」
先輩「宏。クビだー」

*

チークダンスを踊る、宏と博恵。
宏「ボーナスもらったら、警官辞めるわ」
博恵「ううん。宏、警官、辞めないで」
宏「はっ?」
博恵「派出所だって、立派な仕事じゃない」
宏「……」
我がままで気まぐれな博恵に振り回されている宏である。

○モニタービルA

モニターに映る、ワイルド・ジャックのプロモーションビデオ。
曲名「俺たちの街」を歌い始める。

踊っているＡＢＣＤ。
ヒロシが前面に、出る。
ミュージックＱ、開始。

＊

５万人以上の老若男女の群衆が、踊りを一時止めてモニターを見ている。
人込みをかき分けて、交差点内に入る先輩とその巡査たち。彼らも見る。
宏と博恵も見ている。

＊

ヒロシ「みんなー、渋谷、大好きかー?」
叫ぶ、ヒロシ。

○交差点

宏と博恵「(叫ぶ) 大好きーっ」
５万人の群衆「(叫ぶ) 大好きーっ」
先輩「(思わず叫ぶ) 大好きーっ」
睨みつける、その巡査たち。

先輩、部下たちに恐縮する。

*

踊っている、5万人の群衆たち。
宏と博恵もまた、幸せそうに見つめ合いチークダンスを踊っている。
踊っている、中年のサラリーマン4人。
踊っている、アフリカ系アメリカ人、男女各3組。
アベック4組が、踊っている。
踊っている、修学旅行生の女子5人。
大学生男女、各4人が踊っている。
道代とマスターが踊っている。
ピエールが踊っている。
ヤンキーの男女、10人が踊っている。
我を忘れ、切れた状態で踊っている、女性10人。
10代のヤンママ5人と、その子供たちが踊っている。
ヒップポップを踊る、7人の男女。
チークダンスを踊っている、宏と博恵。

○モニタービルA

歌って踊っている、ヒロシたち。

○上空から見た交差点

チークダンスを踊っている宏と博恵。
踊っている、ピエール。
踊っている、5万人以上の群衆たち。
交差点。渋谷の街。東京都。関東平野。
日本。太平洋。そして青い地球。

○宇　宙

兄弟彗星が、地球から遠ざかっていく。
母親彗星を追いかけている。
兄と弟の彗星が、互いにぶつかり合いケンカしながら仲良く飛んでいる。
その飛行は、ダンスの様にも見える。
母親彗星に向かって飛ぶ、兄弟彗星。

1つの子彗星とすれ違う。2つ3つ4つと、すれ違う。
100個以上の子彗星とすれ違う。彼らは、地球に向かって飛んでいった。
兄弟彗星は母親彗星に向かっている。
自転している地球。そして月がある。
世界各地に飛来する、子彗星たち。
ソウル、北京、香港、シドニー、モンゴル、ニューデリー、ローマ、カイロ、
ギリシャ、南アフリカ、ケニア、パリ、ロンドン、ニューヨーク、シカゴ、
ロサンゼルスなどに降下し、世界各地の都市が占拠された。
1つだけ、地球ではなく月面上に落下する彗星があった。
母親彗星に追いつく、兄弟彗星。
その母親彗星と兄弟彗星が、仲良く悠然と地球の周囲を飛行している。
他の兄弟姉妹の彗星を心配しながら周回している、親子の彗星。
ミュージックQ、終了。

○交差点

踊りをやめた、5万人の群衆が立ち止まっている。ピエールと道代がいる。

宏と博恵の笑顔。
宏と博恵「(叫ぶ) スクランブル……」
5万人「……ジャック!」

○アッパー・ニューヨーク湾(夜)

リバティ島。

自由の女神が右手を高く挙げて、立っている。

そこへ、光輝く1つの彗星が女神に激突した。女神の全身が、白い光に包まれた。島全体が、一瞬、白い光を天高く放射状に放った。

そして、何事もなく立っている自由の女神。女神の顔。

彼女の目が、大きくカッと見開いた。

今、ニューヨークでも新たな恐怖が起きようとしている。


(完)

◆あとがき

この作品を仕上げるにあたり、構想10年を要しています。にもかかわらず、渋谷には4～5回しか行ったことがありません。東京で出没する場所としては、新宿・池袋・上野・秋葉原界隈が多いです。それでいて渋谷を舞台にしたミュージカル映画用のシナリオを書くことに、我ながら憤りを覚えます。なおかつ、作者自身踊りは大嫌いです。

この作品を書く気持ちを抱いたのは、あの広大な交差点でダンスを踊ったらどうなるであろうかという、疑問から始まりました。当然、そんなことができるはずもありません。

さらにハチ公と上野英三郎との再会、逮捕状と婚姻届の出し間違い、モニタービルの活用、それと平和への希求でしょうか。それらを組み合わせて実現するためには、宏と派出所の存在、「彗星」というふざけた生命体が必要不可欠となりました。

この作品は、いくつものシナリオの公募に送付しましたが、愚作な作品は当然ながら落選続きです。しかも、こんな物語では映画化は不可能という結論に気づくのが遅かった。渋谷の交差点を、東京都も警視庁も撮影のために許可してくれるわけがありません。

疑似オープンセットを作るにしても、10億円以上かかるのではないでしょうか。監督・スタッフ・出演者・エキストラなどの出演料を始め交通費・宿泊費だけでも破格です。ダンスの費用、音楽製作、宣伝広告その他の製作費でも20億円以上はかかると思います。

その結果、出版という形式で世間に公表することを決断しました。ただ、原稿を提出し校閲を受けて、自分のライターとしての素質があまりにも未熟であることを痛感し、各賞を受賞できない理由を悟りました。独学の難しさを知りました。文芸社の協力のもと、やっと日の目を見ることができました。文芸社の皆様には、誌面をもってお礼を申し上げます。

最後に読者の皆様へ、この作品を読んだからといって決して真似はしないで下さい。逮捕されます。

マンタ

著者プロフィール

マンタ

40代、男性

シナリオ スクランブル・ジャック in 渋谷

2003年9月15日　初版第1刷発行

著　者　マンタ
発行者　瓜谷 綱延
発行所　株式会社文芸社
〒160-0022　東京都新宿区新宿1－10－1
電話　03-5369-3060（編集）
03-5369-2299（販売）

印刷所　株式会社ユニックス

ISBN4-8355-6303-4 C0093